ODE

PHILOSOPHIQUE

SUR

LES ARTS INDUSTRIELS,

LUE A LA SÉANCE PUBLIQUE

DU LYCÉE RÉPUBLICAIN,

« Quand un Peuple agricole réunit l'Industrie à la propriété, la culture des productions à l'art de les employer, il a dans lui même toutes les facultés de son existence et de sa conservation, tous les germes de sa grandeur et de sa prospérité ; c'est à ce Peuple qu'il est donné de pouvoir tout ce qu'il veut et de vouloir tout ce qu'il peut. »

RAYNAL.

PAR P. CHAUSSARD.

A PARIS,

De l'Imprimerie des SCIENCES ET ARTS, rue Thérèse, butte des Moulins, N°. 538.

AN VII.

AVERTISSEMENT.

J'ai consacré aux *Arts libéraux* un faible écrit (1). Je me suis proposé dans ce nouvel essai de rappeler les bienfaits des *Arts industriels* : là je posais en principe que les Beaux-Arts doivent présenter des résultats philosophiques et moraux ; que plaire est leur *moyen*, mais que leur *objet* est d'instruire : ici je tente l'application de ce principe, en fesant servir l'art de la poésie à retracer les découvertes utiles à la société, et les grandes vérités de l'économie politique.

Quelques généralités sur l'origine et les effets de l'Industrie ne seront peut-être pas déplacées au commencement de cet ouvrage.

L'abondance des richesses agricoles et de la population donna naissance aux Arts.

« Toute nation agricole, dit un philosophe, doit avoir des Arts pour employer ses matières, et doit augmenter ses productions pour entretenir ses artisans. »

Les rapports de l'Industrie avec la population sont sensibles : car le nombre des hommes ne peut croître sans que la masse du travail soit augmentée et que par conséquent les moyens de subsistances soient devenus plus nombreux.

Ces observations semblent motiver l'opinion de ceux

---

(1) *Essai sur la Dignité des Arts*, chez Pougens, Libraire, rue Thomas-du-Louvre, N°. 246.

qui placent le berceau des Arts en Asie où les fruits et les hommes abondent.

Les Croisés retrouvèrent en Asie les débris des Arts. Les Arts passèrent de l'Orient en Italie, de l'Italie dans la Flandre, de la Flandre en Angleterre et en France.

Ainsi les bienfaits de l'Industrie, soit que l'on considère en elle le génie qui invente ou la puissance qui exécute, franchissent et les lieux et les siècles.

C'est l'Industrie qui réparant les grandes calamités, efface sur le globe la trace des ravages du tems et des conquérans. Tandis qu'ils détruisent avec bruit, elle élève et crée en silence.

Ici commencent les rapports de l'Industrie avec la constitution politique et la prospérité nationale.

Richesse et puissance semblent aujourd'hui une seule et même chose pour les Etats comme pour les particuliers. En général et vu l'état actuel de la civilisation en Europe, ce n'est pas le peuple le plus fort mais le plus industrieux qui fait pencher la balance politique.

Non seulement l'Industrie donne les richesses, mais encore elle les remplace. On sait que les Espagnols demeurèrent pauvres avec tout l'or du monde, et que les Hollandais devinrent riches sans terres et sans mines.

L'Industrie en augmentant les moyens de subsistances et par conséquent de population, diminue l'excessive inégalité des richesses, non pas lorsque ses travaux ne sont affectés qu'à une certaine classe de citoyens, comme dans les Monarchies, mais lorsque l'Etat, c'est-à-dire le corps de la Nation, s'y applique : c'est ce qui arrive dans un Etat libre.

En effet les Arts, le Commerce et la Liberté sont intimement liés. Cela se démontre et par l'histoire d'Athènes, de Carthage, de Rhodes, de la Hollande, de Venise, de la ligue Anséatique, des Etats-Unis, etc., et par la nature et le caractère même des Arts qui recherchent tout ce qui peut hâter leur entier développement.

Si l'Industrie favorise la Liberté, la Liberté doit à son tour favoriser l'Industrie, en détruisant les priviléges, les corporations, les gênes, en allégeant le fardeau des impôts, en établissant la concurrence la plus illimitée, en distribuant, non des avances pécuniaires, mais des honneurs. Alors la consommation des marchandises augmente par le bon marché de la main-d'œuvre.

Deux choses influent sur le prix de la main-d'œuvre : la Liberté par la concurrence, l'Industrie par les machines dont l'effet est de représenter une grande multitude de mains. Il demeure prouvé que la nation qui possédera la main-d'œuvre au meilleur marché, et dont les négocians se contenteront du gain le plus modéré, fera le commerce le plus lucratif.

Ce n'est pas le lieu de développer les *rapports de l'Industrie avec la perfectibilité humaine* : car à mesure que le domaine des Sciences s'agrandit, les Arts s'étendent et se perfectionnent ; *avec le caractère national* : en effet tel peuple, dit Raynal, est propre à l'invention par le caractère même qui le porte à la nouveauté ; *avec la fécondité du sol* ou la frugalité des hommes qui y supplée ; *avec le climat*, qui modifie les matières, les esprits, les besoins, les procédés ; *avec l'étendue ou la situation politique de l'Etat* qui présente ou refuse des débouchés (1).

La situation, soit topographique soit politique, la nature, le gouvernement, le sol, le climat, la population, le caractère et le génie de ses habitans, tout assure à la République française la suprématie dans les Arts industriels.

Ici je ne puis me dispenser de citer la dernière phrase du rapport présenté par le Jury, à l'époque solemnelle du 1er. Vendémiaire, ou la philosophie associa la fête de l'Industrie à celle de la République, et releva les autels du Commerce et des Arts, à côté de celui de la Patrie : « On peut annoncer, disait-il au Gouvernement, que le moment est arrivé où la France va échapper à la servitude de l'Industrie de ses voisins ; que par-tout les Arts associés aux lumières, se dégagent de cette honteuse routine qui est le caractère de l'esclavage; que l'émulation la plus brûlante embrase toutes les têtes des Artistes, et que le Gouvernement n'a qu'à vouloir pour porter les Arts au degré de supériorité où s'est placée la grande nation parmi les peuples de l'Europe. »

_____

(1) Vid. *Stewart, Smith, Quesnay, Raynal, Mirabeau.* . . .

L'INDUSTRIE

OU

LES ARTS,

Ode lue à la séance publique du Lycée Républicain
le 11 Frimaire an VII.

———————

O fille des Besoins, sœur de l'Agriculture,
Industrie, Arts puissans, rivaux de la Nature,
Le rameau créateur à vos mains est offert !
Venez ! un jour pompeux (1) évoque vos prestiges :
    Que vos mâles prodiges
Eclatent à la voix de cet autre Colbert !

La Liberté ramène, auguste enchanteresse,
Et les combats de Rome et les jeux de la Grèce :
La palme des talens croît sur l'autel de Mars.
La Gloire a marié, pour embellir ses fêtes,
    Aux drapeaux des conquêtes
Le scèptre du Commerce et la lyre des Arts.

Tel, aux vastes efforts d'une horde insensée
Jupiter opposant la foudre courroucée,
Tranquille, dans les cieux ramenait un jour pur,
Et terrassant le monstre aux têtes renaissantes,
    De ses mains triomphantes
De l'Olympe rouvrait les cent portes d'azur.

———————

(1) La fête de la République.

Les flots religieux de la troupe immortelle
Inondent du palais l'enceinte solemnelle :
Les astres sous leurs pas étincellent encor ;
Des trépieds de Vulcain (1) les colonnes mouvantes
     Sur leurs bases vivantes
S'élèvent et soudain brillent en siéges d'or.

Jupiter des Géans doit enchaîner l'audace :
Il dit : le chœur des Dieux a reconnu sa place ;
Des torrens de clarté remplissent l'univers ;
La foule des soleils obéit au Génie ,
     Et leur vaste harmonie
Retentit dans l'espace et peuple ses déserts.

Tandis que relevant les foudres infidelles ,
L'aigle républicain développe ses ailes ,
Avide des regards de la postérité ,
Commerce bienfaiteur, toi par qui tout respire ,
     Ombrage cet Empire
Des fertiles rameaux de la prospérité !

Ainsi puisse toujours sur ta tête orgueilleuse
S'élever des succès la palme généreuse !
Qu'un jour brillant succède à tes profondes nuits ;
Et puisse des tyrans le superbe caprice,
     De ta main créatrice
Ne jamais étouffer ou dévorer les fruits !

Fier Dédale ! trompant les tyrans et leur chaîne ,
Tu dresses vers l'Olympe une aile souveraine,
Tel qu'un triomphateur des Autans escorté ;
Et Vainqueur de Minos, des airs et de l'abyme ,
     Tu vas d'un vol sublime
Resaisir dans les cieux ton immortalité !

Jadis de notre Europe enfans durs et barbares (2),
Dans les champs désolés et de moissons avares ,
On vit se dévorer les peuples furieux :

---

(1) Fiction d'Homère.

(2) Avant les progrès du Commerce chaque Etat était une *société isolée...* n'ayant pour ressources que celles du sol , pour force que celle de ses membres, nulle industrie : delà les émigrations, les invasions, les guerres....

Au chêne hospitalier, aux forêts maternelles
    Ces hordes criminelles
Allaient redemander un gland grossier comme eux.

D'un cours dévastateur (1) la rage hyperborée
Se déborde, engloutit cette affreuse contrée ;
Le faible en frémissant ploya sous le plus fort :
Et de sang enivré, le démon des rapines,
    Sur d'immenses ruines
Fit asseoir le Sommeil, et la Nuit, et la Mort.

L'Ignorance enfanta deux monstres (2) dans les ombres :
L'un farouche, inquiet, roule des regards sombres,
Terrible, et balançant un sceptre impérieux ;
L'autre foule du pied la terre épouvantée ;
    Sa tête ensanglantée
S'élève dans le vide et croit toucher les cieux.

Ils marchent : et la terre est une immense tombe
Où s'éteint l'Industrie, où la Vertu succombe.
Seule domine au loin la Féodalité (3) :
Tel exhalant la mort, empoisonnant la nue,
    Sur la morne étendue
Règne du noir Uppas (4) l'ombrage redouté.

---

(1) Invasions des peuples du Nord.

(2) La Tyrannie, la Superstition.

(3) Nos pères insensés prirent pour base de leurs Gouvernemens un principe destructeur de toute société : le mépris pour les travaux utiles. Il n'y avait de considéré que les possesseurs de fiefs... C'est dans ces tems barbares que se sont établis les droits de péage, d'entrée, de sortie, de passage, de logement, d'aubaine, d'autres oppressions sans fin. Tous les ponts, tous les chemins s'ouvraient ou se fermaient sous le bon plaisir du Prince ou de ses Vassaux. On ignorait si parfaitement les plus simples élémens du commerce, qu'on avait l'usage de fixer le prix des denrées. Les Négocians étaient souvent volés, et toujours mal payés par les Chevaliers et les Barons... On fesait le commerce par caravanne, et l'on allait en troupes armées jusqu'aux lieux où l'on avait fixé les foires.

                                         Raynal.

(4) *Buon-uppas*, ou le mancénillier. Cet arbre donne un suc vénéneux, dans lequel les Sauvages trempent leurs flèches. L'expérience prouve que ce poison conserve son activité même au-delà d'un siècle. L'ombre de cet arbre est mortelle.

Quel silence! le deuil des tours mélancoliques,
Ces déserts, cet amas de ruines publiques,
Proclament la vengeance et l'asservissement :
Voyez pendre à ces murs une main attachée,
  Livide, desséchée,
D'un exécrable droit (1) atroce monument.

Quel Dieu consolateur, réparant cette injure,
Vient de son sceptre d'or protéger la Nature,
Rend au peuple son titre (2), aux champs leur dignité ?
Et des mortels unis active Providence,
  Des fruits de l'abondance
Couronne avec orgueil le front de la cité ?

Attachant aux hameaux la ville fraternelle,
Quelle chaîne magique en sa marche nouvelle
S'étend (3), se développe, étale les bienfaits,
Et déjà franchissant la barrière des ondes,
  Embrasse les deux mondes,
De leur fécond hymen surpris et satisfaits ?

Paisibles enchanteurs, les Arts au son des lyres
Animent les forêts et fondent les Empires.
Quel spectacle ! Apollon (4) rassemble tous ses fils :
Ici l'accord des cieux semble occuper Euclide,
  Là chante Phocilide,
Là médite Architas, ici vogue Typhis.

---

(1) Le droit de *main-morte*. Symbole affreux de la mutilation de l'industrie.

(2) C'est quand il y eut de l'industrie et des richesses dans le peuple, que les Princes le comptèrent pour quelque chose. C'est quand les richesses du peuple purent être utiles aux Rois contre les Barons, que les lois rendirent meilleure la condition du peuple... Les Souverains l'opposèrent aux Barons ; on vit diminuer peu-à-peu l'anarchie et la tyrannie féodale ; les bourgeois devinrent citoyens, et le Tiers-Etat fut rétabli dans le droit d'être admis aux Assemblées nationales. *Raynal.*

(3) Le Commerce.

(4) Les Sciences et les Arts.

De ce nouvel Argo (1) la voile impérieuse
Dans l'enceinte du port s'agite ambitieuse,
De l'Hydaspe bientôt lui promet le tribut :
Le navire glissant sur le sein d'Amphitrite,
     Vole et se précipite,
Semblable au char brûlant qui dévore le but.

Là, dans ses jeux savans, l'appui de Syracuse (2)
Oppose au fier romain le compas de sa muse :
Le feu du ciel descend dans un verre animé ;
Du miroir foudroyant l'orbe immense s'allume,
     Tout le rivage fume,
Et le vaisseau s'abyme en un gouffre enflammé.

Quel art (3) de l'obélisque enseveli sous l'herbe,
Vers l'Olympe étonné dressant le front superbe,
De ce corps gigantesque a soutenu le faix ?
Il commande : et déjà voisine de la nue,
     La masse suspendue
Monte et va dominer la cime des palais.

De la Nymphe des eaux (4) ici l'onde captive
De son urne lointaine à regret fugitive,
Accourt d'un flot constant caresser les guérêts :
Là, des vents (5) que retient la toile frémissante,
     L'haleine obéissante
Dans sa course a broyé les trésors de Cérès.

Le génie égaré dans ces mines (6) fécondes,
Pénètre des rochers les entrailles profondes,
Interroge les airs et monte dans les cieux,
Descend, franchit le globe, et sur l'aile d'Éole
     L'aimant fidelle au pôle,
Guide à travers les flots son vol audacieux.

---

(1) La Navigation.

(2) Archimède brûle la flotte de Marcellus.

(3) Fontana.

(4) Application des Arts à l'Agriculture : les irrigations.

(5) Le moulin-à-vent. Il fut apporté d'Asie en France dans le tems des Croisades.

(6) Arts métallurgiques.

La Nature est domptée : et fécond en largesses
Le Travail annoblit la source des richesses ;
Il marche environné des Mœurs et des Vertus :
Et d'une urne prodigue épanchant l'opulence ,
   Venge de l'Indigence
Le mérite trahi par l'aveugle Plutus.

Arts bienfaiteurs , salut ! Vous dont les bras utiles
Creusent ces vastes ports et protégent ces villes ;
Vous à qui doit Cérès son char et ses moissons (1);
Et vous qui dans la nuit près du foyer antique ,
   Filez (2) d'un doigt rustique
Une plante docile (3) ou les molles toisons.

En réseaux précieux et rivaux de la soie ,
La fleur d'un arbrisseau (4) sous vos mains se déploie :
Un feu savant remplit (5) cet Ethna souterrain :
La frémissante scie (6) a divisé ces marbres ,
   La hache fend les arbres ,
Et le pesant marteau tombe et dompte l'airain.

Les Arts consolateurs sont les Dieux de la terre !
Le Despotisme affreux leur déclara la guerre ;
Le mépris punissait leurs bienfaits immortels !
Religion sacrée , ô culte du Génie ,
   A ces fils d'Uranie
Viens de l'apothéose ériger les autels !

Arts divins! liberté! votre antique alliance
Des remparts de Minerve éleva la puissance !
O ville du soleil (7) ! et toi fille de Tyr (8) !
Corinthe de deux mers superbe souveraine !
   Palmyre cité reine ,
Sur vos débris savans plane leur souvenir !

---

(1) Arts défensifs et alimentaires.

(2) Arts qui vétissent.

(3) Le Chanvre.

(4) Le Coton.

(5) Arts chimiques.

(6) Arts de construction.

(7) Rhodes.

(8) Carthage.

O Florence ! à tes murs leur palme encor fidelle
Deux fois les embellit d'une splendeur nouvelle !
A leur voix la Hollande a régné sur les eaux :
Et des bords qu'habita la gloire Anséatique
      Au golphe Adriatique
L'univers a subi l'orgueil de leurs faisceaux !

Au vieux champ des Gaulois quels éclatans spectacles
Appellent mes regards fatigués de miracles !
Calliope à mon luth prête des sons brûlans !
Dis quels dispensateurs de la gloire civique
      Ont de la République
Associé la palme à celle des talens ?

Dis quel autre Vulcain , dans sa forge tonnante (1)
Prépare des héros l'armure étincelante ,
Ce tube (2) couronné d'un fer victorieux ?
Quelle Hébé gracieuse a façonné l'argile
      De cette urne fragile (3)
Que Surate remplit de ses liquides feux ?

Dis quel heureux prodige (4) et quelles doctes veilles
De l'art de Guttemberg (5) surpassent les merveilles ;
Le génie enchaîné dans l'immobile airain (6),
La Pensée, en son vol plus rapide et plus sûre ,
      Osant d'une voix pure
De l'auguste avenir frapper l'écho lointain.

Quel esprit inspiré de la docte Uranie ,
A ce ressort vivant imprima l'énergie (7)?
Quel savant Archimède a pesé les métaux (8)?
Quel Pausias fixa la couleur animée
      Sur la pâte enflammée (9)
Qui prête à nos Xeuxis de plus vastes émaux ?

---

(1) Manufacture d'armes de Versailles.
(2) Le fusil.
(4) Invention de Didot et Herhan.
(3) Manufacture de porcelaine de Sèvres.
(5) Inventeur de l'imprimerie.
(6) Stéréotypage.
(7) Echappement libre à force constante, par Bréguet.
(8) Echelle comparative de la pesanteur des métaux , par Lenoir.
(9) Manufacture de Dilh et Guerhard. Tableaux sur porcelaine.

Des saphirs de l'acier vois scintiller les gerbes (1),
Et l'iris des cristaux (2) et ces glaces superbes (3),
La corne divisée (4) où resplendit le jour,
L'or s'allongeant en fil (5) et le métal en toiles (6),
   Et ces limpides voiles (7)
Sur le sein de Vénus flottans avec amour.

En tissus opulens vois ces tableaux qu'étale
L'aiguille, des crayons magnifique rivale (8) ;
Dans les cieux envahis vois errer ce vaisseau (9),
Vois ce lustre d'azur qui semble en rais d'opâle
   De l'aube orientale
Au sein des sombres nuits rallumer le flambeau.

Vois, dans un cercle étroit qu'emprisonne le verre,
Le tems marcher (10), les cieux développer leur sphère ;
Et l'onde s'élevant (11) par de nouveaux chemins ;
Ce signe au sein des airs (12) messagers de la gloire,
   Devançant la victoire,
Et dont le chiffre ailé renferme les destins.

Heureuse terre ! en fruits, en Grands Hommes féconde,
O France ! l'ornement et l'exemple du monde !
Fais pardonner ta gloire à force de bienfaits !
Et fondant sur les Arts ta grandeur pacifique,
   De ton foudre héroïque
Laisse à ces nœuds de fleurs s'entrelacer les traits !

---

(1) Acier de la fabrication de Berthier.

(2) Fabriques de Creuzot et du Gros-Caillou.

(3) Manufacture de S. Gobain.

(4) Feuillets de corne transparente, ramenés aux plus grandes dimensions par un procédé qui appartient à Gerentel.

(5) Ouvrages fondus en filigranes, par Bouvier.

(6) Toiles métalliques perfectionnées par Perrin.

(7) Mouchoirs des fabriques de Chollet et Mayenne. Gazes.

(8) Tapisseries des Gobelins.

(9) Le ballon.

(10) L'horlogerie. Montre astronomique.

(11) Nouvelle machine de Montgolfier, pour élever les eaux.

(12) Le Télégraphe.

Oui : que l'écho lassé des éclats du tonnerre,
De cette autre victoire entretienne la terre,
Redise de la Paix le chant consolateur!
Et respirant alors d'une longue tempête,
Que l'univers en fête
Soit à la Liberté conquis par le bonheur.

P. CHAUSSARD.